문학과지성 시인선 371

# 두근거리다

## 위선환 시집

문학과지성사

**문학과지성사에서 펴낸 위선환의 시집**

새떼를 베끼다(2007)


**문학과지성 시인선 371**
**두근거리다**

펴 낸 날   2010년 1월 1일

지 은 이  위선환
펴 낸 이  홍정선 김수영
펴 낸 곳  ㈜**문학과지성사**

등록번호  제10-918호(1993.12.16)
주    소  121-840 서울 마포구 서교동 395-2
전    화  02)338-7224
팩    스  02)323-4180(편집)  02)338-7221(영업)
전자우편  moonji@moonji.com
홈페이지  www.moonji.com

ISBN 978-89-320-2022-8

문학과지성 시인선 371

# 두근거리다

위선환

2010

## 시인의 말

넷째 시집이다. 엮고 나니 말이 궁색하다.
이 페이지의 여백을,
밑줄을 긋거나 몇 자쯤은 적어 넣어도
좋을 빈 바닥으로 둔다.


2010년 1월
위선환

# 두근거리다

차례

제1부

# 하늘

면도날을 사용한 듯, 머리 위 저어 높이에서부터
지평선 저어 너머까지
　주욱 내리그은 칼금,
　의
　주욱 갈라진 틈새,
　의
　뒤쪽이 내다보이고⋯⋯ 가맣다

　며칠째 갠 날이다 아침에는 A4용지에 손끝을 베이
었다

## 물의 뼈

   비 내려서 냇바닥이 젖고 내 핏줄 속으로는 송사리
들이 헤엄쳐 돌아다닐 때

   비늘들은 반짝거리고 지느러미는 빗살 같은 것이,
빗살의 사이사이는 말갛고 물빛보다 투명한 것이

   작은 새끼 한 마리는 실핏줄에 주둥이가 끼인 것
이, 까만 두 눈깔은 동그랗고 툭 불거진 것이

   살가죽에 얼비쳐 보일 때

   냇바닥으로 내려가서 손을, 진흙바닥에다 손을, 모
래바닥에다 손을, 돌바닥에다 손을, 빗방울 자국에다
손을

   두 손을 펴서 얹는다

   우묵하기도 넓적하기도 구멍이 뚫렸기도, 뭉툭한
마디는 턱턱 부딪치고 쪼개진 조각은 찌르기도, 또는

   쥐면 한 줌에 물컹 잡히기도 하는, 물의 뼈

# 두근거리다

첫째 날, 종달새는 내 발등을 밟았다. 무릎을 가슴팍을 이마를, 끝내는 정수리를 밟더니 날아올랐다.

종달새는 내려오지 않았다. 둘째 날도 위로만 날아올랐다. 날갯짓에 털린 빛 부스러기들이 떨어져 내렸다.

셋째 날, 종달새는 구름층을 지났다. 검은 구름과 흰 구름 틈새에 잠깐 날개가 끼었다.

넷째 날, 종달새는 뱃바닥에 찍힌 검정색 줄무늬와 줄무늬 아래에다 움켜쥔 까만 발가락 마디들만 보였다. 거기를 공중이라 했다. 다섯째 날, 종달새는 허옇게 센 속눈썹 털 몇 낱과 흰 눈빛만 보였다. 거기를 하늘이라 했다. 여섯째 날, 종달새는 점만 찍혀 있었다. 거기를 하늘 밖이라 했다.

일곱째 날, 종달새는 보이지 않았다. 배나무 가지

에서 물 흐르는 소리가 났다. 이 가지에서 저 가지로 강이 흘러갔다. 배 밭에 일제히 배꽃이 피었다.

장마철이 왔다. 풋배를 매단 가지들은 우레가 지나가는 순서대로 비를 맞았다. 흘러내린 빗물이 발등을 적셨다.

가을이 가고, 떨어진 잎들을 긁어모아 드러난 뿌리를 덮어주는 손이 보였다.

내일은 추울 것이다. 배나무 뿌리와 가지와 가지에 얹힌 강줄기도 얼고 종달새는 하늘 밖에서 얼 것이다.

한 번 더 쳐다보았다.

차고 어둑한 머리 위에, 구름층에, 공중에, 하늘에, 하늘 밖까지 빛기둥이 섰다. 빛기둥이 받치고 선 아 득한 높이가 보였다. 그때

두근거리는 소리가 들렸다. 두근거리는 것이다! 두
근두근거리는, 저어, 아뜩한 높이를 두근두근거리며
쳐다보았다.

## 벼랑끝

걸어가고 있는데 벼랑 끝에서는 길이 끊어진다. 벼랑 밖으로 한 발을 내딛는 이유다. 무심코 내딛고는 엉겁결에 내처 걷고…… 걸어가고 있는데 거기쯤에서는 허공이 잘린다. 허공 밖으로 한 발을 내딛는 이유다. 아스라한 벼랑 끝이나 문득 잘린 허공 끝에서 영문 모르고 사람들은 발을 내딛는다.

## 새다

　비 내리고, 공중에 뜬 새가 새다. 긴 눈빛과 긴 날개가 새다. 지상에 웅크린 작은 새가 새다. 가는 발목에 빗방울이 맺히다. 내가 새다. 가슴바닥에 물이 고이더니 먼저 종아리뼈가 잠기다.

　공중과 지상과 새와 나 사이에 비 내리고, 떨어져 있는 것,과 것,들은 새다.

# 울음빛

남자가 운다. 남자는 오래 울고, 오래 우는 남자의 울음은 웅덩이로 고여서, 울음 고인 웅덩이에 들어앉아 울고 있는 남자가 훤하게 들여다보인다. 남자는 그치지 않고 울고, 울음 우는 남자의 등줄기가 다 잠기도록 남자의 울음빛은 깊다. 또는 울음 우는 남자의 목줄기가 다 씻기도록 남자의 울음빛은 맑다. 남자는 아직 울고, 남자가 울지 않는다면, 왜, 아무 까닭 없이, 저렇게, 가을이 깊어지고 맑아지겠는가.

葉脈


　복잡골절이라 했다 사진을 보니 발바닥뼈에 그물 같은 잔금이 갔다

　깁스를 하고 목발을 짚고 내일이면 겨울이 되는 늦 가을 하루를 건너간다

　어디를 디디어도 디딜 때마다 발바닥 뼈의 잔금들 이 밟힌다 눈 꾹 감고,

　어디를 디디어도 디딜 때마다 밟힌 나뭇잎들이 부 서진다 아직은,

　어디까지인지 언제까지인지 모르고 그저 걸어가고 있을, 오래전부터,

　어디를 디디어도 디딜 때마다 발바닥이 부서지는 사람을 생각한다

## 스미다

밤이었고, 당신의 창 밖에도 비가 내렸다면, 그 밤에 걸어서 들판을 건너온 새를 말해도 되겠다

새는 이미 젖었고 비는 줄곧 내려서 빗발이 새의 몸속으로 스미던 일을,

깊은 밤에는

새를 따라온 들판이 주춤주춤 골목 어귀로 스미던 일을,

말할 차례겠다 골목 모퉁이 가등 불빛 아래로 절름거리며 걸어오던 새에 대하여,

새 언저리에다 빛의 발을 치던 빗발과 새 안으로 스미던 불빛에 대하여,

웅크렸고 소름 돋았고 가는 뼈가 내비치던 새의 목숨에 대하여도,

또는

새 안에 고이던 빗소리며 고여서 새 밖으로 넘치던 빗물과

그때 전신을 떨며 울던 새 울음에 대하여도,

말해야겠다 그 밤에 새가 자주 넘어지며 어떻게 걸

어서 당신의 추녀 밑에 누웠는가를,

　불 켜들고 내다봤을 때는

　겨우 비 젖지 않은 추녀 밑 맨바닥에 새가 이미 스
민 자국만 축축하게 젖어 있던 일을,

# 거미줄

잔 날개 떠는 날벌레나 비늘가루 묻은 나방이나
티끌들만 걸리는 것은 아니었다
붙박이별이 드문드문 돋는 것 하며 초록 별이 자리
를 못 잡고 떠도는 것 하며 살별의 꼬리가 흐르는 것
하며
그으며 떨어지는 별똥별이 걸렸다
몇천 광년이 된다는 먼 거리나 눈으로는 못 쫓는
빛의 속도도 걸렸는데
함께, 검푸른 궁륭과 밤새워 우는 풀벌레소리도 걸
려 있다
걸린 것들 중에는 오히려 사람이 눈멀고 깜깜해지는
한밤중이라야 보이는 것이 있다
고기 가시같이 뼈가 희고 고인 눈이 물속같이 둥그
런 한 영혼을 본 것은
내가 아주 깜깜해져버린, 한참 뒤다

# 肉筆

부서질 듯, 둥글게, 허옇게, 몇 군데는 거뭇하게,
두개골이 비쳤다 눈썹 아래로는 바스락거리며 그늘이
내려오고, 가늘게 풀벌레 울고, 구석지고 어둔 그늘
에서는 거미가 줄을 늘여 집을 지었는데 구석지지 않
은 몸이란 없어서 온몸이 거미집에 덮였다

오래된 뼈들이 내려앉아 바닥에 닿곤,

이마에서 흘러내린 주름살이 뱃가죽을 밀며 내려와
서……… 어제는 발등을 덮었다

## 대면

나는 너를 보고 걸어가고 그제는 비가 내려서 네가
젖던 그, 것, 나는 젖으며 걸어가고 어제는 비가 개어
서 네가 마르던 그, 것, 나는 마르며 걸어가고 오늘은
네 앞에 이르러서 너를 보고 서 있는 그, 것, 그동안
젖고 마르던 눈두덩과 눈두덩 아래가 허물어지기 시
작하고 너는 나의, 나는 너의 눈두덩의 더 아래, 눈물
의 훨씬 아래에다 두 손바닥을 받쳐 드는 그, 것, 여
문 눈물의 알갱이 한 개씩을 받아 드는 그, 것,

# 全身紋

벌러덩 나자빠진 것은 죽는 버릇이라 하니 그렇다 치더라도, 하필이면 뢴트겐선이 투사되고 있는 하늘 복판이어야 하는 이유가 있느냐고, 뒤통수가 함몰된 두개골 한 덩이와 뒤틀리고 더러 부러진 뼈 토막 여러 개와 뒤엉키고 뒤꼬인 창자들이 속속들이 내비치는, 딱 제 몸 크기의 전신문 한 벌이 찍힌 것이라고, 쳐다보라고.

# 물이 붇고 붉고 빨랐다

한 사람씩, 발목이 잠겼다, 넘어졌다, 무릎이 잠겼
다, 넘어졌다, 허벅지가 잠겼다, 넘어졌다, 허리가 잠
겼다, 넘어졌다, 다음에는 보이지 않았다

한 사람씩, 발목 잠긴 자국이, 무릎 잠긴 자국이,
허벅지 잠긴 자국이, 허리 잠긴 자국이, 흐르는 물에
찍혔다, 다음에는 보이지 않았다

한 사람씩, 발목이, 무릎이, 허벅지가, 허리가 빠
진 자국들이, 냇바닥에, 돌덩이에, 돌멩이에, 자갈돌
에, 모래알에, 냇바닥 아래에도 찍혀 있다

## 바위

百日이 지나고 지나면서 보았다 거기에 계셨다 그
해가 지나고 지나면서 보았다 거기에 계셨다 몇 해가
지나고 지나면서 보았다 거기에 계셨다 여러 해가 지
나고는 햇수를 잊었다 허겁지겁 찾아뵈니 아직 거기
계셨다 벼랑 같은 몸으로 깎아질러 계셨다 발바닥을
끌어당겨 무릎 위에 올려놓고 허리뼈를 곧추세운 앉
음새 그대로 거죽이 헐고 광대뼈가 부스러지는 큰 바
위 몸으로 들어앉아 계셨다 큰절 받고 잔기침하며 앉
음새를 고치시는 때, 한 번 더 당겨 얹는 두 무릎에서
우두둑, 힘줄 부러지는 소리가 났다

# 포물선


돌멩이를 팽개치고 난 맨주먹이 가벼워진 만큼 날
아가는 돌멩이도 가벼운 것을

그래도 더 날아가며

주먹 안이 빈 것만큼은 더욱 가벼워지는 것을 몰랐다

돌멩이가 날아가며 긋는 궤적이 길게 둥그렇게 저
멀리로 뻗는 것을 바라보고

그래도 더 날아가는 돌멩이의 궤적이

얼마나 큰 弧를 그리는가

어떻게 길어지고 먼 어디까지 가닿는가, 만을

오랫동안 지켜보고 있었다

다 가벼워진 돌멩이가 떨어져서 땅바닥에 엎히었다
가 땅 아래로 스미는 일이

그래도 더 아래로 스미어서 땅속 깊숙이 파묻히는
일이

참으로 까마득하게 모를 일인 것을 어림하지 못했다

돌멩이 한 개를 팔매질하고

몇 해가 지나가도록 돌멩이 떨어지는 소리를 못 듣
는 이유다

제2부

# 이슬방울

이슬방울은 왜 납작하지도 모나지도 뿔이 돋지도 않느냐고, 구태여 둥글한 이유가 있느냐고

묻다 당신은 여러 해를 걸었고 여러 해를 걸은 발 부리가 닳아서 둥글해진 것 말고는

그런 다음에도 당신은 여러 해를 더 걸었고 여러 해를 더 끌려온 발뒤꿈치가 닳아서 둥글해진 것 말고는

아직도 당신은 여러 해째를 더 걷는 중이고 발뒤꿈치는 더욱 닳아서 맑아진 것 말고는

이슬방울이 둥글한 다른 이유가 있느냐고 묻다 그래도 돌아보지 않는지, 눈 동그랗게 떴다

# 한 잎


툭, 잎 떨어지는 소리 들리고 한 나무가 허리를 굽혔고 잎 떨어뜨린 가지를 아래로 숙였고

굽은 한 나무의 숙은 가지 아래로 떨어져 내려가는 딱, 한 잎이 내려다보이고

굽은 한 나무의 숙은 가지 아래로 떨어져 내려가는 딱, 한 잎의 더 아래로 느리게 지나가고 있는 한 사람이 한눈에 내려다보이고

한 사람이 느리게 지나간 다음에는 인적 끊겼고, 인적 없는 나무 아래는 빈 것이다, 그렇게 말씀한 대로

굽은 한 나무의 빈 아래의 더 아래가 한없이 빈 저어 아래까지 한눈에 내려다보이고

한없이 빈 저어 아래로 한없이 떨어져 내려가는 딱, 한 잎이 가뭇가뭇 내려다보이고

# 숙이고

숙이고 빗줄기 아래에 서 있지 않는다면 비가 왜 내리겠는가, 라고 말하지 않았더라면,

더 오래 숙이고 서서 줄줄 내리는 비를 맞지 않았더라면,

이쪽도 저쪽도 젖는 몸을 여긴가 저긴가 하고 뒤적여보지 않았더라면,

몸의 이 구석과 저 구석 그 구석에도 빗발 들이치는 틈새가 열려 있는 것을 들여다보지 않았더라면,

비는 몸 밖에 내리고 몸 안으로 들이치고 나는 숙이고 서서 뒤통수도 옆구리도 오금도 젖고

지금은 발바닥까지 속속들이 젖어버린 다음인 것을 알아차리지 않았더라면……

그래도

비는 내릴 것이고, 나는 떨며 숙이고 서 있을 것이고,

저 위에서 나에게로 나의 아래로 내리는 긴긴 말씀은 끝내 못 알아들을 것이고,

# 번짐

너와 내가

먹물 방울 떨어뜨려놓고 눈 꼭 감고 백지에 먹물 번지는 소리를 듣는 이른 아침에 아침 안개가 풀리는 여백에는 첫 빛이 닿은 아침부터

너와 내가

그사이 살이 묽어지며 묽은 살이 묽은 살에 섞이며 온몸이 고루 묽어지는 저녁까지 살 속으로 어스름 내리며 어스름 속으로는 어둠이 내리며 물 젖는 듯 번지는 저녁에

너와 내가

너는 나의 어깨에 나는 너의 어깨에 손 얹고 너와 나의 어깨 너머를 넘겨다보는 너의 어깨 너머에는 별이 떴는지 나의 어깨 너머는 아직 캄캄한지 너도 나

도 말 없는

　너와 내가

　마주 서서 너는 나를 나는 너를 소리 내지 않고 이
름 부르는 너와 나 사이에 부르고 대답하는 목소리가
소리 없이 번지는 때에

　너와 나의

　꼭 감은 눈시울 밖으로 자라나는 꼭 감긴 눈시울
그늘인 것 닳고 벌어진 손톱 밑에서 자라나는 닳고
벌어진 손톱 그림자인 것

# 날개무늬

개울가 콘크리트 구조물에 꽂힌 쇠꼬챙이 끝에 물
잠자리가 앉아 있다 물잠자리는 움직이지 않는다

날 선 쇠꼬챙이 끝이 물잠자리의 가슴팍을 찌르기
직전이었을 듯, 터럭 한 개 사이를 두고 물잠자리가
정지했을 듯, 間—髮과 순간정지의 맞닿을 듯 간신히
벌어져 있는 틈새에다 눈을 대면

얇은, 유리판 같은 하늘이 끼어 있다 유리판 같은
하늘에 끼인 물잠자리는

가맣게 겹눈이 멀었고 등판과 배때기가 검고 날개
가 그을었고 날개막이 얇고

날개막을 투과한 햇살이 내려와 내 손등에다 물살
같은, 물살에 밀린 그물망 같은 날개무늬를 찍었다

날개무늬는 날갯짓보다 가볍고, 나는 한눈을 팔았

다가 잠깐 만에 되돌아보는 때

　물잠자리는 날개를 펴서 가만가만 손등을 스치고,
그때마다 한 까풀씩 날개무늬가 날아오르고……

# 무지개

소낙비였다 내 가장자리가 씻기면서 바깥에서 자라는 사과나무가 내다보였다

뚝 뚝 뚝 빗물 떨어지고 풋사과 알들이 떨어지고 떨어지는 것들을 쫓아서 돌멩이들이 떨어지고

돌멩이들을 쫓아서 새가 떨어졌다 소낙비가 그쳤다

돌멩이의 모서리에 이마를 부딪친 새는 깨어나 발톱을 세우고 걸어갔지만

그렇게만 끝나지 않았다

볕 들자 당장 새가 찍고 간 발톱 자국을 쫓아서 강이 흐르고 강 위로 나비들이 날고

강은 길게 휘고 오래 굽은 큰 굽이를 돌아서 하늘 가까이로 흘렀다 하늘에 강이 비치고

하늘 강에 큰 굽이로 굽은 나의 등허리가 비쳤다
등허리 너머로 가지런히

빗발에 밀리는 빗물 냄새가, 풋열매의 떫은 무게가,
돌멩이가 긋는 궤적이, 높이 뜬 새의 눈초리가, 강이,
강에 스치는 나비의, 날개 끝에 닿은 강의 떨림이

비치고, 수천 마리로 불어난 나비떼가 날고……

# 물바닥

주산지, 물바닥이 거울 같다 물에서 버드나무가 자랐다 버드나무의

마른 지 오래된 우듬지에도, 거꾸로 비친 우듬지에도, 목이 긴 새가 앉아 있다

물바닥 위로, 우듬지 끝에 앉아 있는 한 새와 물바닥 아래로, 우듬지 끝에 비친 한 새가 꼼짝없이 대칭인

하나인 새가 목이 긴 한 새와 목이 긴 또 한 새로 마주 비치며 목이 길어지는

저간에

마주 비친 것들 사이로 빗발 내리치고 물거품 일고 물안개 피어오른 다음에는 순한 빛이 깔리던

그때부터일 것이다

물바닥 위로 밀리는 물 밀리는 소리는 밀리면서 얇아지고, 물바닥 아래로 밀리는 물 밀리는 소리는 물 밀리는 소리를 밀면서 판판해지고

지금은

물바닥이 유리판 같다 위에서 비치는 새와 아래에서 비치는 새가

한 새는 한 새를 오래 내려다보고 한 새는 한 새를 오래 쳐다보고, 긴 목들이 서로 오래 가늘어지더니

주둥이 끝이 주둥이 끝에 닿는다 툭,

# 날치떼

이마와 손등이 젖었다 다음 차례로 등 뒤쪽이 젖는
다 등가죽과 종아리와 복숭아뼈가 젖고

등가죽을 밀며 솟구치는 등짝과 등짝을 밀며 솟구
치는 등뼈의, 그 너머에 점점이 떠 있는

이 섬과 저 섬 사이 여러 섬들 사이에서

날치들이 튀어 오르는 것, 차례로 떼 지어 날아오
르는 것 본다

다음이 차례인 날치들은 바다의 턱뼈와 아가미와
등줄기와 꼬리를 물었고

지금이 차례인 날치들은 바다를 입에 문 채

물바닥을 때리며 파닥거리는 것, 차츰 바다의 등허
리가 들리는 것, 들린 바다가 만조인 것, 본다

날치들은 바다를 물고 날아오르고 바다는 둥둥 떠
오르고……

젖은 나의 이마와 손등과 등가죽과 종아리와 복숭
아뼈에 지느러미가 돋고,

# 빗장뼈

걸어가는 당신의 어깨에 수평선이 얹히곤, 그때마다 당신은 어깨가 기울었다 하루 이틀 사흘째 해는 기울고

당신의 목덜미와 머리칼에 거품이 묻었다 거품은 바람에 날리었다

기운 해가 문득 수평선을 넘어가는 때,

마저 기운 당신의 어깨가 땅에 닿았다 한쪽 어깨를 베며 눕는 당신의 다른 쪽 어깨 너머로

한쪽 모서리를 베며 따라 눕는 바다가 보였다 그때 바다의 다른 쪽 모서리가 들리면서

수평선이 따라 들리었다 위로, 더 위로 들리는 수평선 너머에서 완고하게 기운 빗장뼈가 빛났다

거기, 그 시간에다 빗장 지른 뼈에 지금도 희고 긴
빛이 닿아 있다

## 백화산 바위벽에 새겨놓은 사람 형상에 관하여

바위 속에서 걸어 나오다 멎은, 바위 밖으로 이목구비를 내민 전반신이 돋을새김 되어 있다

후반신은 바위 속에 묻혔다

시간의 틈새기에 손을 밀어 넣어 뒤통수와 등허리와 엉덩이와 오금을, 발뒤꿈치에다 눌러둔 銘文을 더듬는 때

기댄 형상대로 파 새기다, 라고 씌어 있다

눈두덩에 말라붙는 눈의 결정들, 광대뼈를 적시는 빗물과 콧날이 깎이고 입술이 헐리는 시시때때를

서리 내린 이튿날은 눈썹 털 같은 햇살이 깔리곤 하는 하루하루를 낱낱이 옮겨 적는다고 씌어 있다

뒤일수록 멀수록 오랠수록 캄캄했다 멀고 오랜 뒤

쪽에서 휘적휘적 걸어 나오던 기척은

　저물며 어슬해지는 하늘빛으로나, 이 저녁이 이울
고 스러지는 아슬한 소리로나 남는 것인지

　꾹 눈 감고 쓸어보는 내 맨얼굴은 아직도 저무는
중인지⋯⋯는 씌어 있지 않다

# 거미


산왕거미가 적벽돌 담장에 말라붙은 담쟁이덩굴을 기어오르고 있다

산왕거미는 느리고 무겁다 마디가 긴, 굵은, 검은, 센털 돋은 발가락들을 꿈틀 내딛을 때마다 담쟁이덩굴이 부서진다 부러진 덩굴 토막이나 바수어진 덩굴 부스러기 들이 담장 아래에 깔렸다

걷다가 멈추고 돌아다보면 밟아 부순 것들은 길이었다 한 번 더 돌아다보고 되돌아서서 두리번거리는 때

산왕거미는 어느새 담장 위 쇠꼬챙이 끝에 걸린 은빛 거미그물에 달려 있다

저기서는 지상에서 부서진 길과 허공에서 지워진 길이 맞닿는 참 멀리 찍힌 한 점, 소실점이 보일까

오래 바라보다가 눈빛 말갛게 갰다가 점점 까마득

해지다가 끝내는 눈이 멀,

　부수면서 걸어온 지상의 길을 또 한 번 돌아다보는
산왕거미의 눈꼬리가 새파랗게 젖어 있다

# 신두리 모래밭

모래밭에서 햇살들은 빠른 손을 놀려 빛의 그물코를 깁고, 그물망 너머 바다에는 자잘하게 물비늘 깔리고

남자애의 가슴뼈가 탁탁 여자애의 가슴뼈에 부딪치는 소리, 달그락달그락 무릎뼈와 무릎뼈가 맞닿는 소리…… 애, 애, 때리지 마, 천천히 해, 태어나기 전에 죽은 아이와 아이가 각시놀이를 한다 모래알들은 재잘거리며 튀어 오르고, 반짝이며 비산하는 것들이 모두 빛의 알갱이들일 때, 마주 껴안은 체위 그대로 꿈꾸듯 잠들어버린

아이들이 묻힌 모래 무덤을 넘어서 사륜 오토바이가 바큇자국을 찍고 갔다

雨水


　담장 아래 젖은 그늘에 돌덩이 한 개가 돌아누워
있다. 웅크렸고 까무잡잡하고 소름 돋았고 아직은 어
리고 홀랑 벗었다. 아까는 비를 맞고 있었다.

# 內通

왕송저수지가 얼어붙고 눈 내려서 덮였다

햇빛이 눈이불 틈새에서 반짝, 주둥이를 내밀더니
날랜 뱀이 기듯 빠르게 저수지 바닥을 기어서 희뜩,
질러갔고 저 건너 구름 틈새기가 희끗, 빛났다

내 뱃바닥에

뱃바닥을 맞댔다가 기어간 뱀의 뱃바닥 자국이 찍
혔다 비린내 나고 축축한 비늘무늬가 찍혔다

훤하게 맨 살갗 아래에 비치는 나의 알몸에도 비늘
이 돋았다

얼룩덜룩하고 좁은 볼은 붉고 기다란 알몸뚱이가
스르륵, 내 몸뚱이를 빠져나가서 뱀처럼 기어서 저
건너 구름 틈새기로 언뜻, 꼬리를 감췄다

무슨 일이 있긴 있었는데 시치미 뚝, 걸어갔던 길
을 되밟아 오는 길에

삼거리 슈퍼 처마 그늘에 서 있는 키 낮고 어깨가
둥근 눈사람이 찡긋, 한쪽 눈을 감아 보인다

들켰구나 힐끗, 돌아볼 듯 아차, 안 돌아본다

# 폐경기

썰물은 돌아오지 않았다 개펄에 소금꽃 피어 하얗다

끌려가서 끝내는 죽는 바다였다 끌려간 사람도 죽
는 바다였다

허리춤 움켜쥐고 끌려갔을, 끌린 자국도 마저 끌고
끌려갔을, 길게 끌려간 자국 한 줄 그었겠다

잘 죽었느냐고 걱정하며 묻는 지금은 생시이므로

꿈 아니므로 대답 듣지 못한다 기웃이 넘겨다보이
는 돌담 저 아래 그늘진 밑바닥에

여자가 숨겨두고 길들인, 오래 묵어서 녹청빛 나
는, 여자가 밤마다 품는

괸 웅덩이가 있다 바다가 살아서 드나들 때 짐짓
빠뜨려두고 간 남자 하나

全身水沈의 체위로

허리춤 움켜쥐고, 끌고 끌린 물의 결도 꼬옥 끌어
쥐고 잠긴 한 남자의

여자, 민박 집 여자가 길게 오래 목물을 끼얹고 있다

# 界面調

　신당리의 神堂에 들어앉은 木神像, 무릎에다 펴서 얹은 손바닥에 손때 묻은 결이 반질하였다

　저 손바닥에다 손바닥 포개 얹고 빌었을, 사람들의 서러운 결들은 아래로 스미어서

　한층 더 아래로 스민 결들은 실뿌리를 내리기도 해서

　죽은 사람이 쥐고 잠든 손바닥에 잔금을 그으며 자라는지도…… 하고 걱정하였다

　저 손바닥 밖으로 불거진 잔뼈들의 얇은 날에 살이 베이기도 하는 결들은

　먼 어딘가로 가물가물 스미었다가 점점이 흩어지기도, 모여서 떼를 짓기도 하는 것이어서

　오늘은 까맣게 날아오르는 새떼가 되었으면……

하고 걱정하였다

　죽어서도 손금이 자라는 사람들의

　죽음 다음에 더욱 자란 키 높이를 넘어서 훨씬 높
이 날아오른 새떼가

　가장 높은 하늘에서 지저귀는 때에는

　저 손바닥에 스미어 금 긋다가 금 가서 손바닥을
허무는 눈물의 마른 자국이거나

　불쑥 치밀다 얹힌 목울음이거나 목 아래에 잠기어
서 소리가 나지 않는 외침이거나

　저 아래 뱃바닥에 피는 열꽃이거나 혹은 어리고 여
리고 아리고 떨리고 글썽한 서러운 온갖 결들이

떼 지어 한꺼번에 날아오르며 새떼처럼 지저귀었으
면…… 하고 걱정하였다

제3부

# 얼굴

임자도 이흑암리 앞 백사장의 한 끝, 폭 80m 海壁
을 바닷물 높이로 관통한 해식동굴 언저리에는 늘 모
래가 날고 있다. 굴로 빨려 들거나 굴에서 불려 나오
는 바람 때문이다. 그렇게 모래들은 빨려 들거나 불
려 나오고 그러다가 떨어져 쌓여서 더미를 이루었는
데 헤쳤더니, 푸석하게 마른 머리털과 자잘하게 금
간 눈꺼풀과 날카롭게 모가 선 눈초리와 단단하게 굳
은 숨결이 집혀 나오고 마모되어 까칠해진 광대뼈며
앙다문 이빨들도 만져진다. 모래더미 속에 풍화하는
내 얼굴이 묻혀 있는 것이다.

碑銘


발바닥에 묻은 먼지를 턴다 발등에는 마른 털이 누웠고 무릎에다 받쳐둔 긴뼈는 휘었다

아직 걷고 있는 사람은 오래 걸을 것이다 며칠이 저물도록 느리게 걸어서 어둑한 들녘을 지나간 다음에는 어느덧 종적이 깜깜할 것이다

올해에 죽은 사람이 있다 한 사람은 소식이 끊겼다 없는 이의 안부를 묻고 간 사람이 있다

나는 남아서 어금니와 손톱을 씻는다 돌이킬 수 없는 한때였다 종잇장인 듯 바삭대는 손바닥과 부러질 듯 야윈 손가락 몇 개를 여러 해째 움켜쥐고 있다

찬비 내리고

흙 덮어서 재워둔 여자의 얼굴이 젖는다

누구의 죄도 아니다 가을이 며칠밖에 남지 않았으
므로 어디나, 땅 아래에도 비는 내린다

# 신열

　발톱 깎고 발바닥을 씻어 말렸다 강바닥에 떨어진 볕 조각들은 얼어붙었고

　곤한 손이 곤한 손을 맞잡아 포개 없은 내 언저리에, 맞비비던 두 손이 시린 손가락을 질러 넣고 머무는 내 가장자리에, 먼 데서 뻗친 손이 겨우 닿아서 만지작만지작 닳는 내 윤곽에

　맨 낯바닥만 남은 내 얼굴에

　가까이 대고 누구인가 다른 세상에서 들리는 목소리로 일러주는 다른 세상의 소식처럼

　늦겨울에 기우는 찬 햇살처럼

　식은 내 등에다 등 기대고 잠든, 등이 식은 사람의 등에 기댄다 저 강에선 또, 쩡, 얼음장이 갈라지고······

# 독니

뱀이 꽃을 삼켰다고, 뱀이 처음 눈 뜬 그 자리보다
꽃이 갓 핀 그 자리보다 뱀이 꽃을 삼킨 그 자리가 얼
마나 깊숙한지, 과연 꽃을 삼킨 뱀의 입에서는 꽃향
기가 나는지, 기웃거리다가

그만, 뱀에게 물리고 말았다고

목줄기에 이빨 구멍 두 개가 뚫려 있었다 구멍에는
말간 독이 고여 있었다 꽃향기는 나지 않았다

미처 내뱉지 못하고 죽은, 마지막 말마디가 어금니
에 악물려 있었다 악물린 어금니의 틈새를 밀며 뾰족
하게 독니가 돋고 있었다

# 얼음꽃

죽음이 지루했으므로 그는 뒤채며 몸에 감긴 수의
를 벗었는데

살 까풀에 내비치는 속살이 흰 것 하며, 옆구리와
오금에 드리운 살 그늘이 연한 것 하며, 사타구니와
손등에서 터럭 자라는 것 하며, 손톱 발톱의 각질이
투명한 것 하며

눈감은 지 몇 해째인데 아직 다 죽지 못한 안타까움
까지,

그렇게 간절한 것 말고도 몸이 휘도록 사무쳤던 것은

처음으로 그가 내 이름을 불렀기 때문이다

숙이고, 허리 꺾어서 바짝 귀 대고…… 그러나

들리는 것은 이빨 자라는 소리,뿐이었다 차고 단단

하고 잇몸이 얼어붙는

이빨 끝이 시린, 이 고요

# 기척

나무의, 저 아래 깊이가 어둠이 되는 그 어둠 속에서 저 아래로 내려간 나무뿌리가 떠는 것처럼

내 아래로 내려간 핏줄기 한 가닥이 어둠 속에 드리워져 떨고 있을 때

등 뒤로 다가서는 인기척처럼, 끼얹듯 끼치고 번지는 소름처럼

눈 감고 몸 돌려 긴 칼을 받을 때 전신에 묻히는 칼날의, 그 차가움처럼

혼자 누워서 숨을 거두는 한 사람이

두 손 모아서 그러쥐고 있던 다른 이의 손을 문득 놓아버린, 그런 다음이 길게 조용한 것처럼

죽어서도 아직은 숨을 쉬는, 죽은 이를 붙안고 지

새운 아침에

　창 밖으로 날아온 새가 창유리에 주둥이를 비벼대
며 우는 소리처럼

# 흔적


눈 감자 이내 죽는 내 맨얼굴은


내가, 또는 몇 사람이, 몇 번이나, 눈 감자 이내 죽은 흔적이겠는가


하고


한 번 더 눈 감아보는

평생 한 일이 고작 입 크고 창자가 긴 송장
한 구를 먹여 살리는 짓거리였으므로


그러므로, 고작, 고독했다

# 흐름의 풍속에 붙이는 脚註[*]

묵은 뼈 하나가 봉분 아래에서 흘러서 봉분 밖으로, 봉분 밖 등성이로

등성이는 등성이 아래에서 흘러서 골짜기로, 골짜기는 골짜기 아래에서 흘러서 냇바닥으로, 냇바닥은

냇바닥 아래에서 흘러서 사람 사는 마을에 닿을 때까지

묵은 뼈이다가 등성이이다가 골짜기이다가 냇바닥이다가 냇바닥을 적시는 물줄기이다가

사람 사는 마을의, 구들의, 구들장을 고루 적신 다음에는

구들장에 등 대고 잠든 한 사람의 길고 곤한 살가죽을 마저 적신 다음에는

한 사람의 속 몸을 속속들이 적시는 물기가 되었다
가, 다시

한 사람의 가장 무른 속살에 박히어서 곧은 뼈 하
나로 자라기까지

* 오래 묵은 봉분을 열었더니 구덩이도 뼈도 없었다. 흘러 나간
  경우가 그렇다 했다.

## 사리

느릿느릿 길게 긴 허리 굽는, 다 굽어서 땅에 닿는
당신이다

불 들어간 뒤로 여러 해째다 손가락 끝이 서릿발보
다 추운 해인사 다비 터

언 흙바닥에 묻힌 묵은 숯덩이들, 거뭇거뭇 잿가루
눌린 것들 헤쳐서

불타며 오그라든 뼈의 자국들, 튀는 뼈에 움찔 찔
리던 속살의 낌새들도 함께 헤쳐서

쿵쿵 우는 얼음장 딛고 건너가는 겨울들녘 너머

새 이파리 갓 핀 가지 움켜쥐고 떨며 기다리는 착
한 느티나무의

느티나무 아래 차가운 그늘에 맺힌 시리고 단단한

이슬 한 방울을 집어 드는,

느릿느릿 길게 긴 허리 펴는 당신이다

# 서쪽으로 걷다

해는 왜 서쪽으로 지는가, 대답 없이 해는 서쪽으로 졌고

해가 진 서쪽은 다만 背光만을, 빛의 테두리에 둘러싸인 어둠의 윤곽만을 보여주곤 했다

나는 서쪽으로 걸어가고 해는 늘 내 앞에 걸렸으므로 서쪽은 정면이므로

지는 해와 서쪽과 정면과 나는 일직선상에 있었다 비켜 갈 수 없었다 곧게 곧장 내쳐 걸어서

하루를 또 통과하는 것이지만, 또 어두워지겠지만

몇 날이나 더 어두워진 다음날이라야 해가 지는 서쪽에 닿는가를, 거기가 끝인가를,

혹은 거기서도

더 먼 서쪽이 있어서 몇 년이나 몇 날을 더 걸어가
야 한다면

그때에도 해는 서쪽으로 지는가를……

# 水葬

산에는 산맥이 차고, 들에는 들판이 찼다. 빈 땅이
라곤 없었다. 산이나 들에는 그래서 못 묻고 물속에
라도 묻기로 했다. 안아 들고 들어가서 바닥 골라 뉘
고 바윗돌 한 덩이 매달아놓았다. 물속은 과연 조용
하고 죽은 몸뚱이야 이미 숨을 비운 뒤이므로 물살을
잠재우는 일이 순서였다.

일을 마치고 나니 하루가 조용하다. 산그늘이 눕고
들녘이 저무는 때에 이르러 내 안이 깊고 서늘하다.
조용한 물이 흘러들어 고이고 차오르더니 어느새 내
가 깜빡 잠겼고, 지금은 바닥 모르게 가라앉는 중이
다. 다 잠긴 뒤로도 한참이나 더 가라앉는, 내 키보다
는 늘 깊은 깊이가 있다.

# 天葬

죽은 사람은 늘 그렇듯 식고 굳었다. 깊숙이 칼을 묻어가며 전신에 칼집을 냈다. 큰새들이 모여들었다. 발톱에는 먼지가 묻었고 몇 마리는 날개깃이 부러졌다.

눈이 내리기 시작했다.

뱃가죽을 열고 아랫배로, 가슴팍 안으로도 손을 질러 넣어서 안에 든 것들을 꺼내놓았다. 큰새들이 덮쳤다. 물어뜯고 당기고 찢고 쪼아 삼켰다. 날개를 퍼덕이며 서로 부딪쳤다.

눈발이 얼굴을 덮었다.

칼의 법대로 각을 떴다. 뼈마디가 맞물린 틈바귀에다 칼날을 질러 넣거나 비틀어서 젖히는 일은 서툴다. 도끼를 들어 긴뼈를 토막 내고 휘어진 것은 베었다. 단번에, 두개골을 내려쳤을 때는 골수가 튀었다.

손등에 눈꽃들이 얼어붙었다.

떨리고 눈물이 흐르고 기침이 났다. 갈비뼈가 옆구리를 찔렀다. 큰새들이 뜯어 먹고 남긴 뼈 토막들을 주워 모아 잘게 부순 후 흩었다.

눈이 그쳤다.

큰새들이 무겁게 날아오르더니 머리 위 공중에서 날개를 털었다. 굳은 피와 검은 살점과 잔뼈 부스러기들이 떨어져 내렸다.

내가 죽을 것이다!

큰새들이 큰 원을 그리며 선회하고 있는 공중에다 대고 길게 느리게 칼을 그었다. 깊숙이 칼날이 묻혔다. 베이는 하늘의 살집이 섬뜩하고 완강하다. 문득, 칼을 놓친다.

제4부

# 羽化

늪 귀퉁이 물풀 밭이다 잠자리 유충의 뒷등이 갈라
지더니 반구형 겹눈과 뾰족한 턱이 빠져나왔다 다음
에는 연한 풀빛 날개가슴과 가는 다리 여럿이, 더 다
음에는 기다랗게 구부린 꼬리가 마저 빠져나오고

몸을 다 빼낸 잠자리, 한참이나 날개를 말려서 털
고는 반짝이는 햇살 속으로 날아갔다

껍데기만 남았다 등이 벌어져 있었다

사람도 어느 날은 등이 벌어진다 장지문을 열어놓
고 누구인가 빠져나간 듯, 그런 날은 문득 등 뒤가 쓸
쓸하고 돌아보지 않아도 벌써 적막하다 겹던 짐을 부
렸다고, 오히려 홀가분하다고, 그이가 주섬주섬 옷가
지들을 벗었을 때

내게는 잘 보였다

껍데기만 남았다 등이 벌어져 있었다

# 햇살

여름에는 비가 내려서 목덜미와 등골에 물도랑이
생겼다

비 개고 도랑물 마르고 가을이 오고 마룻장이 식어서

뻗치고 누우면 사지의 틈새가 써늘하다

툭, 툭, 한두 잎씩 내 안으로 떨어지는 나뭇잎들

주워서 몸 밖에 버린다

햇살 내리고 마당 가득 깔리고

아까부터 저 혼자 땅바닥을 뒹굴며 닳는 돌멩이 한 개

저 작고 단단한 것을 집어 들 수 있겠는지

집어 들어 손바닥에 얹거나 잠깐 동안은 만지작거

려도,

가만히 쥐어봐도 되겠는지

두 손바닥을 펴서 푹 덮어주면 나도 작아져서

두 눈 꼭 감고 짧게 한숨만, 잠들 수 있겠는지

등허리가 차다

숫대

주춧돌은 놓지 않았다 기둥을 세우고 나무새를 깎
아 얹었다 기대어도 넘어지지 않으므로 새가 깃들었
으므로 거처로서 부족함이 없다 볕싸라기 한 줌을 마
당에 깔았다

바람이나 비를 막을 지붕이 없다고, 몸 부리고 누
울 마룻장도 없다고, 등 기댈 바람벽도 달빛이 드나
들 문짝도 없다고, 트집이 잦던 이웃들이 발길을 끊
은 지 오래이므로

다만 조용하다 나무새는 바싹 말랐다 소리 없이 날
갯짓을 한다 나도 다 말랐다 귓밥 마르는 소리도 들
리지 않는다 한 마당 가득히 햇살이 반짝인다

# 탐진강 22

그때에 떨어져 내리고 있던 나뭇잎 한 잎과 지금 떨어져 내리고 있는 나뭇잎 한 잎의

참 멀고도 오래 걸리는 두 나뭇잎 사이를 느리게 걸어서 건너가는 며칠 안 남은 이 늦은 가을에

저쪽에서 건너다볼 때 비치던 나무 아래 물빛과 이쪽에서 건너다볼 때 비치는 나무 아래 물빛의

참 멀고도 오래 걸리는 두 나무 아래 물빛 사이를 느리게 흘러서 적시는 이 강에 와서

탐진강 23


저 강에 그림자가 비쳤다

저 강은, 저 강에서도 아직 먼 한 사람을, 그 사람
은 당신을, 당신은 나를, 나는 흘러가는 저 강의 뒷모
습을
　목숨 끊듯
　간절하게 바라보는
　며칠이 지났다

# 탐진강 24

강이 오늘은 내 안으로 흐르고 나는 강을 딛고 건
넜으므로 내가 디딘 자국이 강에 찍혔다
내일은 어디서 만날 것인지, 어디까지 걷게 되는지
강을 떠나지 못한다
저녁 눈 내리고, 눈발에 어둠 묻고, 숨죽듯 눈발 그
치고, 눈발 그친 하늘에
별들 돋고
별들 돋는 강에
혼자, 길게, 먼 길을 걸어온 자국들 찍히고

탐진강 25


장흥댐, 고인 물에
살던 동네가
가라앉아 있다
들여다보면
골 붉은 감들이 아침 햇살을 받고 있는, 갓 쓸어놓
은 마당이 무 잎처럼 푸른,
아궁이에서 발간 불빛이 새어 나오는,
사람은 없는,
깊은,
어제 던진 돌멩이가
아직
내려가고 있는,

# 첫 梅

꽃눈 집힌다. 비늘잎이 까칠하다. 코끝이 가뭇한 비늘붕어거나 뱃바닥이 희고 그중 턱이 야문 피라미 한 놈이거나 찬 잠에서 갓 깨어난 어름치의 제일 작은 놈인지도 모를 고놈이 내민 주둥이를 부딪쳐대며 입질을 한다. 눈 그늘에서도 꽃은 핀다고, 우련히 꽃물 드는 시절을 가리켜 보인 것이 그 언제였는데⋯⋯ 급기야 발갛게 핏기가 배었다고, 오늘낼은 한두 점 꽃 피지 않겠냐고, 그 언제에 가리켰던 손가락의 끝마디, 살 한 점 겨우 붙은 볼을 문다, 또 문다, 싸락눈 내리는 소리, 쌓인다.

# 꽃차례

지리산 안쪽은 아직 춥다 잔설더미 나뒹굴고 골바닥에서는 눈 냄새가 난다

잔가지들 틈새가 컴컴하다 산새 몇 마리가 거기서 운다 새 울음소리 희끗희끗하다

혼자 와서 머문다 지나가는 날들이 더디고 길었다 간 겨우내 많이 야위었다

처음 오는 비가 내려서 가랑잎 깔린 산자락에 떨어지고 바싹 마른 내 몸에서도 툭, 툭, 빗방울 떨어지는 소리가 난다

이튿날은 틈 벌듯 날이 개이고

하루 건너자 이튿날도 비가 내린다 그 이튿날은 개여서 하루가 조용하더니 다음 날엔 또 비가 내려서 손바닥을 적신다

한 빗줄기는 내 종아리를 씻는다 사람의 이 끝에서
저 끝으로 물 흘러가는 소리가 시리다

내게 키를 대고 기대선 산수유 한 그루 꼬옥 쥔 아
기주먹을 들고 서서 한 차례 더 비를 맞는다

비 그치자 꽃 핀다 샛노랗다

# 오이도

뜬 달이 하얗다 달빛이 하얗다

바다는 뜬 달 아래에 물 바닥을 깔았다 하얗다

아무도 없다 방파제 위에

장의자들만 기대앉아서 물이 나는 바다를 바라보고
있다

기어이 잠 못 자는 갈매기가 있다 방금 드러난 개
펄을 혼자 걷고 있다

기우뚱, 정강이가 잠기고 또 잠기고 기우뚱, 아랫
몸이 빠지고 또 빠지고

등은 작고

하얗다 사무쳐서 지샌 밤처럼

내가 잊은 이름처럼 혹은, 이름 잊은 사람의 낯바닥에 말라붙은

이목구비처럼 혹시, 나를 잊은 사람의 이목구비에서 넘치는

찬 달빛처럼 달빛 냄새처럼

# 반월만

서해안에 와서 방을 정했다 반월만이 내려다보인다
불쑥 내민 곶과 불거진 벼랑에는 파도가 부딪치고

저 바다가 둥글하다 둥글한 바다가 灣 안으로 드나
들며 내민 것들을 깎고 있다 저 만이 둥글해지고 있다

내 몸에도 둥글한 바다의 둥글한 밀물과 둥글한 썰
물이 둥글하게 드나들어서

몸 안팎에 내민 모서리들이 깎이어 둥글해졌고 뿔
이 돋기도 뿔에 받히기도 했던 가장자리도 깎이어 둥
글해졌다면

뼈마디와 무릎과 엉덩이와 어깨 모서리가 둥글해진
까닭이 그러하듯

둥글한 바다를 바라볼 때마다 손바닥을 펴 얹는 이
마가 그사이 둥글해져 있다

# 눈발이 거칠다

　고갯마루에 세워둔 天下大將軍 돌 장승이 바람을
등지고 돌아서서 쿨룩쿨룩 기침을 하는 하루,

# 소래포구

폐철로에 얹힌 비닐막 안에서 첫째 사내가 술을 마시고 있다 사내는 젖었다 등가죽과 겨드랑이가 척척하다

비 젖은 뱃전에는 고기비늘들 돋았고 새하얀 가시뼈며 별빛 떨어진 자국들 개펄에 흩어져 있고

물안개가 풀리더니 갯고랑에 갯물이 고인 다음에는 발목에 어스름이 감기더니

기둥뿌리가 기우뚱 들려 있는 소금창고의 뒤쪽, 어깨가 한쪽으로 기운 둘째 사내가 어둑어둑 폐염전을 걸어간다

멀어지며 깜깜해지는 것들이 사내의 등덜미에 묻은 소금발처럼 희끗희끗할 때

희끗희끗 머리털이 센 아비가 자정 지난 불빛 아래

에 나앉아 쪼그리고, 턱 괴고, 먼 물길에서 돌아오지
않는 젊은 어부를 생각할 때

　허공을 건너지른 철다리 난간에, 위험하게 상체를
내민 셋째 사내의 툭 꺾인 허리가 걸려 있다

# 강진만

물비늘 하얗게 깔린 바다를 배경으로 23번 해안도로를 달리는 자전거의 바퀴살이 반짝거리며 지나가고 있는

가로수와 가로수 사이 行과 行 사이 다음 行 사이로 줄지어 늘어선 行間들이 한 칸씩 저물다가

문득 시야 밖으로 꺾인다 하늘 아래에 저 갯바닥에 갯물이 꽉 찼다

하늘그늘이 느릿느릿 내리는 것, 어슬어슬 어스름 깔리는 것, 물낯바닥에 거뭇거뭇 기미 돋는 것 본다

걷는 길이 날마다 몇 리가 남아 있곤 했다 발뒤꿈치가 해져서 뼈가 드러나곤

발톱이 또 빠졌다 집어내고, 참 멀리까지 왔구나, 강진만이 어두워지는 때

등 뒤쪽, 돌아다보면 한참이나 먼 백련사 어림에서

삐이걱, 무릎을 펴고 일어선 사람이 삐걱거리며 마
룻장 위를 걷고 있다

# 장생포

작살잡이 박 씨 집 기둥에 작살 한 자루 묶여 있다

작살에 찔린 바다 한 채가, 뿌옇게 먼지 덮인 고래
뼈 한 벌이 함께 묶여 있다

바다는 입이 컸다 듬성 돋은 이빨들이 굵다 한입에
고래를 삼켰다 물방울들은 반짝이며 물바닥 위를 굴
러다니고 수직으로 세운 꼬리를 털썩 눕히곤 하는

여기서는 고래이자 바다인

바다와 고래가 등을 겹친, 길게 휘인 등 너머가 넘
겨다보이는

저 바다야말로 먼 물빛이다 먼 물빛 보다 먼 데서
부르는 먼 목소리다

고래가 일어서서 수평선 너머를 두리번거릴 때

가파르게, 고래의 비탈에서 쓸려 쏟아지는 하늬바
람의, 바람의 끝자락에서 불린 가랑잎들 바다 위로
날릴 때

내 안에 잠긴 바다의, 차가운, 그 바다를 삼킨 고래
의, 차가운, 고래 안에 잠긴 바다에는 내가 잠겨 있는

추운……

# 둑방길

영식이가 벽돌로 대장의 뒤통수를 깠다. 언청이, 그 쥐새끼가 대장을 까다니!

우산살을 갈아 박은 송곳을 들고 나가 시궁창에 묻었다. 혼자 쪼그리고 앉아

패거리들이 소리를 내지르며 달려가는 둑방길을 멀거니 바라보았다.

어느 날부터 비가 내리고, 젖었다가 마르곤 하는 며칠이 지나가고, 이튿날은 어두워졌을 때

둑방의 저 끝, 하얗게 날벌레떼 매달려 있는 갓등 불빛 아래에서 기침 소리가 났다.

2

아버지의 귀가는 이번에도 늦었고 심드렁했으므로, 아버지의 골 파인 등허리도 낯익었으므로

멀뚱해져서, 돌아누워 잠든 아버지의 깊어진 등골을 바라보았다. 등골을 타고 흘러가는 물소리가 들렸다.

둑방 아래로 물소리가 흘러가던 밤에 몰래 동네를 떠난 영식이네처럼

아버지는 또 실종하리라는 것을, 둑방 아래가 깜깜해지리라는 것을, 마침내 아버지가 깜깜해져도

다시는 소리를 내지르며 둑방길을 달리지 못하리라는 것을 알아차렸다.

3

아버지의 다음 실종은 은밀했으므로, 주검으로도
돌아오지 않았으므로

그해의 여름부터 해마다 여름에는 비가 내렸고, 여
러 해가 지나간 어느 해 여름에는 내가 문득 아버지
가 되어 있었지만

모른다. 고갤 꺾고 기댈 때마다 등을 받쳐주는 것
이 아버지의 골 파인 등허리인지, 그때마다 등 뒤로
는 물소리가 흘러가는 것인지

소리 지르고 싶을 때, 하얗게 날벌레떼 매달려 있
는 갓등 불빛을 향하여 걸음을 빨리해보지만,

# 스밈 혹은 번짐의 내력

### 최 현 식

위선환의 새 시집 『두근거리다』를 연대기적 상상력과 결부시켜 읽는 독법은 과연 가능한가. 연대기의 본질이 서사의 욕망, 그러니까 시간적 관계를 결정하고 사건들을 일어난 순서대로 배열하는 데 있다면, 『두근거리다』를 향한 비평가의 착목은 벌써부터 패착이다. 왜냐하면 시는 시간의 일방향성과 완강한 물리적 질서를 배반하고 흩뜨리며 특정 시간의 독점을 허용하지 않는, 상호 개방성 또는 침투성을 특징으로 하는 '순간'을 시간 형식으로 취하기 때문이다. 따라서 이 자유로운 '순간'의 흐름과 운동을 선형적 질서 아래 귀속시키는 것은 어쩌면 시의 상상력과 언어를 탈출구가 봉쇄된 참호 속에 밀어 넣는 미욱한 행위일 수도 있다.

그러나 '순간'의 시학에 집중하되, 그것이 스며들고 번져나가는 방향성과 유동성의 내력 및 구조를 파악하기 위

해서는 연대기의 방법을 적절히 참조할 필요가 있다. 물론 이 자리의 연대기는 시인의 삶이나 개별 시편의 창작사(創作史)와 같은 사실의 나열로 환원되지도, 환원될 수도 없다. 미리 말하건대, 그것은 『두근거리다』에 특화되어 있는 '스미다'와 '번지다'란 동사들이 세계 및 자아와 교섭하고 또 그 과정에서 창조되는 새로운 현실을 엿보기 위한 일종의 방법적 시선일 따름이다. 물론 이 말은 『두근거리다』의 진정한 주체가 나와 너, 자연과 신 따위의 힘센 (대)명사들이 아니란 것, 오히려 이것들을 재구성하고 새롭게 가치화하는 '스미다' '번지다'와 같은 조용한 동사가 주체화의 선편을 쥐고 있다는 것, 따라서 연대기의 기입자와 대상자로 이 동사들이 먼저 호명될 수밖에 없음을 강조하기 위한 것이다.

가령 이 시집에서 가장 순도 높은 떨림에 속할 '두근거리다'는 "아뜩한 높이"를 생성하는 '순간'의 충격에 의해 주어진 것이다. 하지만 "아뜩한 높이"에는 두 동사의 완미한 결행(決行), 그러니까 "차고 어둑한 머리 위에, 구름층에, 공중에, 하늘에, 하늘 밖까지 빛기둥"(이상 「두근거리다」)을 세우는 서사의 단층이 겹겹이 쌓여 있다. 이 단층의 기원과 역사를 통찰하지 않고서는 자아의 '두근거림'이 한없이 단단하되 또 무엇보다 부드러운 "한 줌에 물컹 잡히기도 하는, 물의 뼈"(「물의 뼈」)로 현상하는 까닭과 방법을 관통하기란 매우 어렵다. 이런 연유로 우리는 연대기적 상상력이 "묵은 뼈"(「흐름의 풍속에 붙이는 脚註」)의 "물의 뼈"로의 진화, 그러니까 "한 사람의 속 몸을 속속들이 적시는 물기가 되었다가, 다시//한 사람의 가장 무른 속살에 박히어서 곧은 뼈 하나로 자라기까지"의 "흐름의 풍속에 붙이는 脚註"으로 작동하기를 바라는 것이다.

위선환 시인 고유의 '흐름의 풍속(風俗/風速)'은 과연 어디서 출발하는가? 『새떼를 베끼다』(문학과지성사, 2007)에서는 새떼들의 "큰 몸이" 비고 "빈 몸들끼리 뚫"(「새떼를 베끼다」)리는 일의 원인이자 결과로서 '공중(空中)'에 주어지고 있다. 이 공중에의 의지를 언젠가 나는 '육탈(肉脫)의 여로'로 명명한 적이 있는데, 이는 그만큼 시인과 세속 사이의 신경전이 날카로웠음을 의미한다. 하지만 오늘의 '공중'은 훨씬 범속적이며 이면(裏面) 지향적이다. 가령 '하늘'에서 "주욱 내리그은 칼금,/의/주욱 갈라진 틈새,/의/뒤쪽이 내다보"(「하늘」)인다는 의외의 고백을 들어보라. 세상을 가르고 분리하는 "칼금"과 "틈새"를 지우고 잇대는 것이 하늘의 본질적 속성이 아니던가. 이제는 하늘의 휘황한 빛이 가리고 있던 뒤쪽의 어둠마저 간취하고 있는 것이다.

시인의 이 형형한 눈빛은 삶의 물리적 적층이 허락한 우연한 은총과 거리가 멀다. 뼈가 부서지고 내장이 뒤틀린 현실의 몸을 속속들이 내비치는 "전신문 한 벌"(「全身紋」)을 차갑게 응시한 끝에 획득된 자기 구성물이다. 하지만 시인의 자기 구성은 단독 강화(講和)가 아니라 복수자(複數者)의 개입에 의해 시발된 중층 강화의 형상을 취하고 있어 매우 문제적이다. 그 복수적 주체는 아버지, 그것도 은밀히 실종된 끝에 주검으로도 돌아오지 않은, 불행하면서 또 불길한 아버지였다. 유년의 이 트라우마trauma를 극복하지 않고서는, 아니 가로질러 가지 않고서는 아버지라는 상징계를 초극(超剋)할 수도, 또 그 자신 아버지라는 상징계로 진입할 수도 없었다.

　　그해의 여름부터 해마다 여름에는 비가 내렸고, 여러 해가 지나간 어느 해 여름에는 내가 문득 아버지가 되어 있었지만

　　모른다. 고갤 꺾고 기댈 때마다 등을 받쳐주는 것이 아버지의 골 파인 등허리인지, 그때마다 등 뒤로는 물소리가 흘러가는 것인지　　　　　　　　　　　　—「둑방길」 부분

먼 데서 빛나는 "어머니의 잔등"은 '나'가 귀향할 처소이지만(「토악질」, 『새떼를 베끼다』), "아버지의 골 파인 등허리"는 여전히 성찰의 매개체로 거리화되어 있다. 이 거리감은 아버지와의 불화를 상징한다기보다는, 아버지가 때로는 끌어안고 때로는 결별하며 동행할 수밖에 없는 운명적 존재임을 암시하는 듯하다. 그럴 수밖에 없는 것이 어

느 날 "문득 아버지가" 된 내 몸과 영혼에는 아버지의 부재가 일찍부터 각인되어 있었으며, 이 부재는 "머물며 기다리며 서성대며 나를 때리고 떨어지는 돌부리"(「발길질」, 『새때를 베끼다』)가 되어 '나'의 삶에 지속적으로 개입했기 때문이다. 끊임없이 돌부리를 걷어차지만 그럴 때마다 "내 정강이를 때리며 떨어지는"(「발길질」) 돌부리. 누구보다 불행했던 우리 아버지들과 보란 듯이 행복하고 싶던 우리들이 벌인 반복적 불화와 화해의 원형이 여기 어디 있을 것이다.

그런데 '아버지'와 '나'의 불안한 접속 못지않게 중요한 것은 '아버지'가 여전히 실종의 상태이며, 따라서 그가 무명(無明/無名)의 상황에 영원히 봉인될 가능성을 안고 있다는 사실이다. '나'의 완성은, 혹은 상징계로의 진입은 내 안에도 각인된 이 '무명'의 흔적을 말끔하게 지우거나 새롭게 가치화할 때야 비로소 가능해질 것이다.

하지만 이 복수(複數)의 삶은, 어머니의 부재가 초래하는 공복(空腹) 상황의 토악질을 견디고 또 확인할 길 없는 아버지의 귀환에 대한 전적인 신뢰를 승압(昇壓)해야 하는 이중적 고통에 노출되어 있다. 그러므로 "비어버린, 아주 빈 나를, 누가 소리 내어 이름 불러줄 것인지"(「토악질」)라는 자아의 비감 어린 탄식은 가감의 여지없는 실체적 진실이다. 이른바 라캉의 '아버지의 은유'가 발생하는 형국이다. 아버지를 기억(화해)할수록 아버지의 부재, 즉 아버지로부터의 소외 역시 강화되는 분열을 시인은 유년의 어느 시점 이후 지금까지 살고 있는 것이다. 『두근거리다』에 내재된 연대기적 상상력은 그러므로 시인이 상징계에 진입한 순간, 즉 아버지의 이름을 기억하기 시작한 순간부터 시작된 것이라 하겠다.

이런 분열과 위기 상황의 극복은 그래도 여전히 살아남은 자인 자아의 몫이다[「둑방길」이 『두근거리다』의 결시(結詩)임을 기억하자. 결시는 언제나 서시(序詩)로 되돌아가고 나아가는 법이다. 그 서시는 바로 「하늘」이다]. 다행스럽게도 시인은 그 가능성과 힘을 어느 땅 혹은 어느 물길에선가 흐르는 '아버지의 등허리'와 그것을 따라 흘러가는 '물소리'에서 찾았다. 이런 태도는 하늘과 땅, 공기와 물, 삶과 죽음의 대위법이 『두근거리다』를 지배하는 구성 방식으로 자리 잡는 데 크게 기여하는 것처럼 보인다.

물론 시인의 방점은 땅과 물의 지평, 다시 말해 하강의 진정성 탐구에 찍혀 있어 더욱 현실적이며 보다 생산적이다. 거기서 보아낸 '하늘'이, "날치들은 바다를 물고 날아오르고 바다는 둥둥 떠오르고……"(「날치떼」)에 보이듯이, 땅과 물을 내포한 복합적 공간으로 가치 증여되는 장면은 그래서 자연스럽고 내밀하다. 하지만 땅과 물에의 의지가 거둔 가장 빛나는 성과는 단연 서로 이질적인 '너'와 '나'가 서로를 충족하는 내통(內通) 방식의 발견에 존재한다. 이를테면 '너'가 내 뱃바닥에 찍고 간 "비린내 나고 축

축한 비늘무늬"가 "훤하게 맨 살갗 아래에 비치는 나의 알
몸"(「內通」)에서 다시 비늘로 돋아나는 현상. 이러한 존
재의 통합과 신생은 상대방을 난폭하게 부수는 성난 물결
로는 결코 성취되지 않는다. 때로는 스미고 때로는 번지면
서 서로의 몸을 천천히 그리고 깊숙이 파고들 때야 가능한
것이다.

　　새는 이미 젖었고 비는 줄곧 내려서 빗발이 새의 몸속으로
　스미던 일을,
　　깊은 밤에는
　　새를 따라온 들판이 주춤주춤 골목 어귀로 스미던 일을,
　　말할 차례겠다 골목 모퉁이 가등 불빛 아래로 절름거리며
　걸어오던 새에 대하여,
　　새 언저리에다 빛의 발을 치던 빗발과 새 안으로 스미던
　불빛에 대하여,
　　웅크렸고 소름 돋았고 가는 뼈가 내비치던 새의 목숨에 대
　하여도,　　　　　　　　　　　　　　　　　　　──「스미다」부분

　새는 하늘로 날아오르는 대신 물로 스며듦으로써 인간
화된다. 새가 절름거리며 걸어온 골목 어귀나 비에 차갑게
식어가는 가등의 불빛은 그대로 우리의 슬픈 인상화에 곧
잘 출몰하는 풍경이다. 누군가는 한없이 웅크리고 소름 돋
는 새의 모습을 추레한 인간의 본질적 국면으로 치환하고

싶을 것이다. 그러나 새의 최후를 주목하다 보면, 비극적 파토스 뒤에 숨어 있는 매우 특이한 에로스가 문득 떠오른다.

시인은 이 시를 "겨우 비 젖지 않은 추녀 밑 맨바닥에 새가 이미 스민 자국만 축축하게 젖어 있던 일을,"로 막음했다. 새의 최후의 사적(事蹟)은 짐작컨대 죽음일 것이다. 하지만 "겨우 비 젖지 않은 추녀 밑 맨바닥에" 스며들고야만 새의 안간힘은, 죽음 일반의 공포와 불안, 허무에 앞서 연민과 숭고의 감정을 먼저 환기한다. 이 순간, 새의 표면적 죽음은 오히려 언젠가 "가는 뼈가 내비치"게 될 우리의 목숨, 바꿔 말해 존재의 맑고 투명한 본원성에 육박하게 된다.

이를 계기로 새의 죽음을 밟고 날아오르는 우리의 영혼은 새들의 본질적 영토라 불러도 좋을 "빛기둥이 받치고 선 아뜩한 높이"에서 "두근거리는 소리"(「두근거리다」)를 듣게 될 것이다. 이보다 근사한 '생의 약동'이 또 어디 있겠는가. 물과 땅으로 스며든 새가 우리를 본원적 심미성이나 미지의 영토로 접속시키는 영매이자, 존재의 비극과 한계를 아프게 복기(復棋)함으로써 '껍데기만 남은 채 벌어진 등'(「羽化」)의 홀가분함과 빛남에 들고자 하는 인간 영혼의 객관적 상관물에 해당한다는 말은 그래서 가능하다.

너와 내가

　먹물 방울 떨어뜨려놓고 눈 꼭 감고 백지에 먹물 번지는
소리를 듣는 이른 아침에 아침 안개가 풀리는 여백에는 첫
빛이 닿은 아침부터

　너와 내가

　그사이 살이 묽어지며 묽은 살이 묽은 살에 섞이며 온몸이
고루 묽어지는 저녁까지 살 속으로 어스름 내리며 어스름 속
으로는 어둠이 내리며 물 젖는 듯 번지는 저녁에
　　　　　　　　　　　　　　　　　　　──「번짐」 부분


　번짐은 서로 스며든 '너'와 '나'가 자신들의 내면과 외부
세계로 확장되는 방식이겠다. 비유컨대 아래로만 스미는
물은 협애(狹隘)의 유곡으로 흘러갈 가능성이 없지 않다.
따라서 '너'와 '나'는, 물속의 잉크처럼 부드럽게 뒤엉키며
천천히 번져나가야 한다. 그 과정에서 '너'와 '나'는 점차 묽
어가겠지만, 이를 주체의 상실 혹은 증발로 읽을 필요는
전혀 없다. 오히려 이 '번짐'이야말로 주체의 개방과 타자
로의 자발적 확산 그리고 응집을 본질로 하는 '타자 지향
성'이 현현하는 장면인 것이다. 요컨대 서로의 살이 묽어
지는 것은 '너'가 '나'로, 또 '나'가 '너'로 진해지는 분산적

응집인 것이다.

　상식적인 이야기지만, 땅에서 조용한 물은 스미고 하늘에서 부드러운 물은 번지는 법이다. 물론 위선환 시인은 '스밈과 번짐'의 상호작용을 물(땅)과 하늘의 정형화된 대위법으로 설정하지 않았다. 지금까지 보아왔듯이, 그 운동들을 땅과 물의 지평에 내려앉힘으로써 오히려 새의 가치를 인간화하고 종국에는 추락한 새＝인간을 "아뜩한 높이"로 끌어올리는 하강과 상승의 역설을 실현하고 있다. 아마도 이 과정에서 탄생한 둔탁한 땅으로 파고드는 젖은 새(「스미다」)나 바다를 물고 하늘로 날아오르는 날치떼(「날치떼」)는 하늘과 땅, 공기와 물의 물질적·공간적 통합 원리를 선명하게 방사(放射)하는 희유한 사례로 남게 될 것이다. 이 원리에 충실하기를 지속할 때 "저 손바닥에 스미어 금 긋다가 금 가서 손바닥을 허무는 눈물의 마른 자국"(「界面調」)은 다음과 같이 결정화(結晶化)되어 촉촉하게 생환한다.

　나는 너를 보고 걸어가고 그제는 비가 내려서 네가 젖던 그, 것, 나는 젖으며 걸어가고 어제는 비가 개어서 네가 마르던 그, 것, 나는 마르며 걸어가고 오늘은 네 앞에 이르러서 너를 보고 서 있는 그, 것, 그동안 젖고 마르던 눈두덩과 눈두덩 아래가 허물어지기 시작하고 너는 나의, 나는 너의 눈두덩의 더 아래, 눈물의 훨씬 아래에다 두 손바닥을 받쳐

드는 그, 것, 여문 눈물의 알갱이 한 개씩을 받아 드는 그,것,

——「대면」 전문

이 시는 인간의 세속적(!) 운명이 숱한 모험과 패배를 거쳐 어떻게 역전되고 의미화되는지 또 어떻게 생환하게 되는지를 담담하게 이야기하고 있다. 서로의 비극과 희극, 웃음과 울음, 젖음과 마름의 반복적 껴안음은 우리의 영혼 속에 잠재된 폭발 직전의 성난 물결을 마침내 "여문 눈물의 알갱이 한 개"로 뚝 떨어뜨린다. 이 눈물 속에 스며들고 번진 고통과 고독을 기억하지 못하는 한, 무겁게 젖어 대면한 자들의 눈물은 절망과 동정의 사이 어딘가를 타고 흐를 것이다.

그러나 당신과 나의 여린 눈은, 예의바른 연민은 "여문 눈물"의 다음과 같은 속성을 직핍하게 응시하지 않으면 안 된다. 그리고 우리의 손은 그것이 내포한 '닳고 닳음'의 두께를 두고두고 만지작거려야 한다. 왜냐하면 이 눈과 손의 움직임이야말로 시인이 때로는 세상을 거스르며 때로는 세상을 어루만지며 타자와 내통해온 방식이자, 미당 시를 빌린다면, 몇 방울의 피가 섞인 '시의 이슬'을 맺어온 정신의 동력학이기 때문이다.

1) 이슬방울은 왜 납작하지도 모나지도 뿔이 돋지도 않느냐고, 구태여 둥글한 이유가 있느냐고

묻다 당신은 여러 해를 걸었고 여러 해를 걸은 발부리가
닳아서 둥글해진 것 말고는 　　　　　　　—「이슬방울」부분


　2) 내 몸에도 둥글한 바다의 둥글한 밀물과 둥글한 썰물
이 둥글하게 드나들어서


　몸 안팎에 내민 모서리들이 깎이어 둥글해졌고 뿔이 돋기
도 뿔에 받히기도 했던 가장자리도 깎이어 둥글해졌다면
　　　　　　　　　　　　　　　　—「반월만」부분


　닳음과 둥긂의 진정한 가치는 현재의 원형적(圓形的)
현상보다는 모난 것을 살고 또 견뎌온 범속한 삶의 진실성
에 있다. 세련되고 지적인 삶의 초극 혹은 현실의 무심한
달관으로 시의 영혼이 움직였다면, '당신의 발부리'와 '내
몸'이 해졌을 리 없다. "닳아서 둥글해진" 몸은 풍찬노숙(風
餐露宿)의 서사에 귀속될지언정 이 세계를 홀연히 초월한
서정적 안심(安心)으로 숨어들 수는 없다. 시인은 '모서
리'를 기억함으로써 또 그것을 원형(圓形)의 필요조건으로
치환함으로써 지금 이 순간의 '이슬방울'에 "어리고 여리
고 아리고 떨리고 글썽한 서러운 온갖 결들"(「界面調」)을
온전히 문양(紋樣) 짓고 있다.
　이 중층적 삶의 결들에 대한 낮은 목소리의 언급 혹은 소

극적 심미화가 비극주의에의 투항이 아님은 물론이다. 그보다는 시인의 그 어려운 "이슬방울"이 범속적인 결texture과 문양에 계속 던져질 수밖에 없음을 암시하는 기호쯤으로 읽는 편이 옳겠다. 이슬방울이 어느 순간 뜨거운 빛에 의해 기화된다 할지라도 하늘로 수직 비상하는 대신 대지의 총량감을 안고 천공(天空)을 느릿하게 흐르게 되는 것도 이런 투기(投企)의 성격 때문이겠다. 그렇게 날아오른 이슬방울이 스미고 번져 만들어진 구름과 비를 통과하는 새들의 운명이 아래와 같이 비산(飛散)하는 것은 그래서 자연스럽다.

비 내리고, 공중에 뜬 새가 새다. 긴 눈빛과 긴 날개가 새다. 지상에 웅크린 작은 새가 새다. 가는 발목에 빗방울이 맺히다. 내가 새다. 가슴바닥에 물이 고이더니 먼저 종아리 뼈가 잠기다.
공중과 지상과 새와 나 사이에 비 내리고, 떨어져 있는 것,과 것,들은 새다.　　　　　　　　　　　　　―「새다」전문

앞서 말했듯이, 시인에게 하늘은 이미 "주욱 갈라진 틈새"이다. 일상적 감각에 따른다면, 이 '틈새'로 새는(!) 순간 새는 추락의 운명에 속절없이 종속된다. 하지만 이미 땅과 물의 지평에 스며든 새에게 틈새는 너와 내가 연대하는 통합의 장이자 어떤 무수한 "것,과 것,들"이 함께 날고

떨어지는 공동운명의 현장이다. 우리는 그래서 '새'와 '새다'의 사전적 정의를 잠깐 내려놓은 채, "새가 새다"를 가치 증여된 새의 존재 선언으로, 또 존재의 다면성과 복합성이 산출되는(=새는) 순간으로 동시에 읽는 것이다. 결락과 균열을 넘어 충만과 결속을 지시하는 동사로 새롭게 발견된 '새다'가 『두근거리다』의 감각적 깊이를 측정할 때 필요한 기준점의 하나로 부상하는 순간이다. 하여 이것은 '새다'가 '스미다'와 '번지다'의 내력을 암암리에 공유하고 있다는 사실이 문득 드러나는 지점이기도 하다.

　『두근거리다』가 "주욱 갈라진 틈새"에서 읽어낸 가장 인상적인 '뒤쪽'은 어쩌면 「水葬」과 「天葬」의 동시적 배치, 다시 말해 전혀 다른 장례 형식의 대위법적 공존에 존재할지도 모른다. 죽음에 대한 예의라는 면에서는 동일하지만 죽음이 보존되고 기억되는 방식에서는 정반대에 가까운 '수장'과 '천장'을 시인은 시집의 앞뒤 순서로 놓고 있다. 텍스트의 순서와 공간 분할이 은연중 대지적 지평에의 앞선 관심을 표상하는 듯하여 흥미롭다. 죽음을 응시하고 처리하는 시선의 차이와, 그 매개체로 '물'과 '새'를 채용하고 그것들의 역할을 감각화하는 방식 역시 하강과 상승의 갸우뚱한 동행을 원리로 삼고 있다.


　산에는 산맥이 차고, 들에는 들판이 찼다. 빈 땅이라곤 없었다. 산이나 들에는 그래서 못 묻고 물속에라도 묻기로 했다. 안아 들고 들어가서 바닥 골라 뉘고 바윗돌 한 덩이 매달아놓았다. 물속은 과연 조용하고 죽은 몸뚱이야 이미 숨을 비운 뒤이므로 물살을 잠재우는 일이 순서였다.

—「水葬」부분

큰새들이 큰 원을 그리며 선회하고 있는 공중에다 대고 길게 느리게 칼을 그었다. 깊숙이 칼날이 묻혔다. 베이는 하늘의 살집이 섬뜩하고 완강하다. 문득, 칼을 놓친다.

—「天葬」부분

'수장'에는 개인의 완미(完美)한 죽음과 완성, 그러니까 "내 키보다는 늘 깊은 깊이"에 대한 욕망이 투사되어 있다. 물론 이 시에 서술된 장례의 절차와 형식은, "일을 마치고 나니 하루가 조용하다"(「水葬」)에서 보듯이, 나날의 존재 성찰로 읽혀 무방하다. 이 상징적 죽음은 어딘가로 흘러가지 않고 매일매일 반복되고 적층된다는 점에서 허무를 몰아내고 존재를 갱신하는 적극적 니힐리즘이라 할 만한 것이다. 이와 같은 선한 삶 혹은 죽음은 흐르는 물을 고인 물로, 고인 물을 '나'가 가라앉는 무덤으로 무성화(無聲化) 하는 가운데 "아뜩한 높이"만큼이나 "깊은 깊이"를 생산한다. 이 '깊이' 속에 봉인되는 순간 나는 은폐되는 것이 아니라 한없이 투명한 '알몸'으로 영원히 개진되는 것이다.

그렇다면 「天葬」은 그 '알몸'이 잘리고 토막내져 던져지는 순간을 기록한 시편이 아닐 수 없다. 영원한 '수장'에 만족한다면 자아는 어느 순간 썩은 물로 부글거리게 될 것이다. 부패의 시간과 운명을 내몰기 위해서는 이미 식고 굳은 '알몸'을 토막내고 각을 떠 자아의 또 다른 분신인 새들에게 던져주어야만 한다. 이 가없는 던짐과 던져짐이야말로 하강을 상승으로, 인간 한계를 가능성으로, 언어의 조울을 명랑으로 역전시키는 최후의 방법이자 윤리일 것이다.

「水葬」과 「天葬」의 이런 의미를 생각하면, 「무지개」의 탄생은 거의 필연적이다. 강은 하늘 가까이로 휘돌고, 그 "하늘 강에 큰 굽이로 굽은 나의 등허리가 비"치고, "등허리 너머로 가지런히" 세상의 온갖 사물과 감각이 스쳐가고, "수천 마리로 불어난 나비떼가 날"(「무지개」)아가는 광경. 무지개는 비·물보라·안개와 같은 물방울들에 투과된 빛의 굴절과 반사에 의해 생성되며, 태양의 반대쪽에 대부분 위치한다. 이런 형상은 무지개가 서로 대립적인 공간과 존재, 이를테면 하늘과 땅, 물과 공기, 인간과 자연, 삶과 죽음 등을 잇고 넘나드는 상징체일 수 있음을 구체화하는 물적 증거이다. 이런 사실을 바탕으로 인접성의 원리에 따라 몇몇 시편을 배열한다면, 「水葬」—「무지개」—「하늘」—「天葬」이 될 것이다. 이 시들에 제시된 공간과 시간은 순행과 역행, 정렬과 분산, 대립과 통합을 동시에 산다는 점에서 역동적이며 상호 충족적이다.

그러나 문제는 이 무지개가 우리에게는 멀리 감각되는 현상일 뿐 당장 손에 쥘 수 있는 실체가 아니라는 사실이다. 이와 마찬가지로 삶과 시의 완미함이나 심미성 역시 끝없는 욕망의 대상일 뿐, 특정 형식과 내용으로 완성되는 물자체로 성립되지 않는다. 이 비극적 원리에 냉철하지 않는 한 시는 근기(根氣) 없는 위안과 허상의 언어로 퇴색해가기 마련이다. 시인이 "깊은 깊이"에 들고자 하는 자아를 향해 "평생 한 일이 고작 입 크고 창자가 긴 송장 한 구를 먹여 살리는 짓거리였으므로" "그러므로, 고작, 고독했다"(「평생 한 일이 고작 입 크고 창자가 긴 송장 한 구를 먹여 살리는 짓거리였으므로」)고 비탄하는 장면은 그러므로 자괴감의 발설이 아니다. 통렬한 자기 고발인 동시에 시에 대한 여전한 의지의 피력이다. 그렇지 않고서는 「얼굴」이 씌어질 수 없다.

임자도 이흑암리 앞 백사장의 한 끝, 폭 80m 海壁을 바닷물 높이로 관통한 해식동굴 언저리에는 늘 모래가 날고 있다. 굴로 빨려 들거나 굴에서 불려 나오는 바람 때문이다. 그렇게 모래들은 빨려 들거나 불려 나오고 그러다가 떨어져 쌓여서 더미를 이루었는데 헤쳤더니, 푸석하게 마른 머리털과 자잘하게 금 간 눈꺼풀과 날카롭게 모가 선 눈초리와 단단하게 굳은 숨결이 집혀 나오고 마모되어 까칠해진 광대뼈

며 앙다문 이빨들도 만져진다. 모래더미 속에 풍화하는 내
얼굴이 묻혀 있는 것이다.　　　　　　　　　　—「얼굴」 전문

　　위선환 시인이 가닿은 영혼의 맑음과 내면의 안정을 『두
근거리다』의 의미 있는 결절점으로 삼는다면, 제4부의 「羽
化」 「햇살」 「첫 梅」 등을 언급하는 것이 보다 타당할지도
모르겠다. 그러나 나는 「둑방길」을 제4부의 핵심 시편으로
벌써 쥐어든 바 있다. "아버지의 골 파인 등허리"를 보고
등 뒤로 흐르는 '물소리'를 듣는 순간, 그것들이 시인의 최
후에도 기어코 가닿을 것임을 예감했다. 시인의 자아와 시
의 완결성에 대한 상상적 충족보다는 그것들이 돌파해갈
운명의 계선이 윙윙대는 소리가 훨씬 궁금했기 때문이다.
그런 점에서 「얼굴」은 시인 자신의 현재와 미래를 풍성하
고 날카롭게 새겨 넣은, 여러모로 시사적인 자화상이 아닐
수 없다.
　　「얼굴」은 백사장에 쓸데없이 버려진 나의 소모적 삶을
암유하지 않는다. "모래더미 속에서 풍화하는 내 얼굴"은
'천장(天葬)' 의식 끝에 남겨진 '나'의 최후의 유품이자 죽
음을 가로지르는 미래의 '나'인 것이다. '나'의 얼굴은 매
우 황량하고 거칠게 묘사되어 있다. 그러나 「무지개」나
「물이 붇고 붉고 빨랐다」에서 보듯이, 모래 속 '나'의 얼굴
은 타자들의 놀이터이자 나와 그들의 연대기가 기록된 살
아 있는 텍스트이다. '모래더미'에서의 탈출에 골몰하는

자는 '나'의 촉루(髑髏)에서 허무와 공포를 먼저 읽겠지만, 거기서 타자의 고통과 죽음을 아프게 떠올리고 '내 얼굴'에 정중한 예의를 갖추는 자는 '나의 등허리' 너머로 비상하는 찬란한 "나비떼"를 문득 만나게 될 것이다. "고작, 고독했"던 개인의 연대기를 물고 날아오른 이 나비들은 신기루와 같은 헛된 환영을 지워갈 것이며, 또 홀로 광막한 사막을 걸어가는 어떤 이들의 의미 있는 지표로 작용할 것이다.

그러나 나비들의 최후는 이런 바람직한 당위성과 윤리적 동선을 지시하는 매개체로 그칠 수는 없다. '내 얼굴'을 끝없이 뒤덮고 파쇄하려는 모래 광풍을 막고 파헤치는 하강의 삶을 지속적으로 반복하고 내면화하는 것이 나비들, 아니 시인의 미래이다. 이 미래 속에서 모나고 각진, 까칠하고 단단한 '내 얼굴'은, 재차 인용하건대, "한 줌에 물컹 잡히기도 하는, 물의 뼈"로 또다시 거듭날 것이다. 그러므로 『두근거리다』의 연대기적 상상력은 여행기를 완결 지은 노회한 이야기꾼의 세련된 손짓보다는 여전히 떠돌기 위해 신발끈을 고쳐 매는 노마드nomad의 투박한 손길을 닮아 있다. 위선환 시인이 언뜻 몸 담갔던 '깊은 깊이'의 물은 또 어디로 스미고 어디로 번질 것인가. 그 투명한 몸은 또 어떻게 찢기고 무엇에게 던져질 것인가. ▨